の前

崔《チェ》允《ユン》

吉川凪 訳

そう、こんなふうに話を始めてみよう。これはひとつの実験なのだ、と。実験なんて言葉は嫌いだったっけ。それがどんなものなのか、知らなかったからだわ。おそらくあなたは、私がなぜこうして昔のようにこの空き家で、あなたが受け取れない手紙を書かなければならないのか、分からないだろうね。しかし、書くという行為そのものが既に事件の始まりであるということを知っている人は、きっと理解してくれる。

ときおり海外トピック欄に登場する、実際に起こった信じられないような不思議な話が、私達の間に起こってはならないという法はないはずだ。二十年前に送った求職の手紙に対し、世紀が変わってずいぶんたってから断りの返事が到着したとか、死んでから数年になる息子が幼い時に瓶に入れて海に投げたメッセージが、息子より長生きした両親に届けられる、というような。七歳の少年が、夏休みを過ごしていた海辺で、いたずらのつもりでペットボトルに入れたメッセージは、大きな海をひとめぐりして、結局また少年の両親に届けられた。成長したこの手紙の主が亡くなって、数年後のことだった。そこには住所とともに、つたない字でこう書かれていた。

「このボトルのなかのてがみをみつけたひとはれんらくしてくださひ。そうすればぼくたちはともだちになれます」

未知の人と交流したいという、いたずらっぽい欲望。小さな男の子は、およそ十年後に自分が予期せぬ病気で夭折することを、知らなかったのね。私が書き始めたこの手紙が何を意味しているのか、私自身もよく分からない。それに、何を書くべきなのかも。それでも、これを手紙と呼べるかしら。受け取る人が誰なのかはっきりしない、こんな物まで手紙と言えるのか、分からないわね。それに、必ず伝えなければならないようなメッセージもないし。だけど手紙において、内容がほんとうに重要なのか、私は知りたい。私は、ペットボトルの中の紙切れに書かれた内容が、息子を失った両親に重要であったのかを聞くために、手紙が発見されたというセントピータースバーグの海辺の村に今も暮らしている少年の両親に、手紙を書くこともできるだろう。大人になる直前に亡くなった息子さんの幼い時の手紙を見て、どういうお気持ちでしたか、と。ある種の手紙においては、メッセージではなく、誰かに送るという行為そのものの中でメッセージが完結することもあるわ。そう、すべての手紙を、ただ単に「手紙」という普通名詞で呼んではいけない。

それでも、手紙と呼ばれるためには、一つの条件は満たされるべきね。手紙を書く人物の存在。差出人のない手紙はない。かりにそれが、連続殺人事件の犯人の脅迫状みたいに、印刷物の文字を切り抜いて貼り付けた手紙に、差出人の名前が書かれないまま着いたとしても。「次の標的はあなただ。死の使者、黒薔薇より」。そうかと思えば、こんな手紙もあったね。次の住所に、下記のリストに記された物を送ること。K。必要な品物数種類のリストとともに例外なく、相当な金額の国際郵便為替を同封しろと要求した、あの手紙。それ以後の、差出人はあなたになっていたけれど、他の人たちの荒っぽい筆跡で書きなぐられた手紙。すべてあなたの名で何かを要求する手紙。あなたが家を出て滞在していた国々の住所と、あなたの名が書かれた手紙。それはK、あなたの字でないことが多かったから、差出人のある手紙だとは言えないでしょう。おそらくあなたの同居人たちの筆跡。しかしあなたの命令に服従しないでいることが、できただろうか。

差出人が表示されない手紙のすべては、結局のところ、殺人犯の手紙だと言えるんじゃないかな。人の死にも似た、汚らわしい事件に関わっている、そんな手紙。あるいは、返信するべき住所が書かれていない侮辱の手紙や匿名の連続殺人犯の脅迫状と大差ないわ。そう、あなたが家を出て以来、手紙のことを抜きにして、あなたを考えることができるはずがないでしょ。あなたが送った数十通の手紙を抜きにして、どんな事件が起こり得たというの。

木が切られて荒涼とした、打ち捨てられた庭で手紙を書きながら、私はひとつの事実を静かに確かめずにはいられない。こうして書いている間、事件は止まっているということ。

それこそ、人間のすべての行動の動機なのかもしれない。時間の磨耗、時間の破壊を止める、空しいけれど本質的な身ぶり。どうしたら止められるのか分からずに、人は破壊し、憎み、旅立ち、再び帰ってくる。そして書き、歌い、時には慟哭したり、永遠に沈黙したりする。そうだったの？　あの、何の痕跡もとどめていなかった手紙は。そうだったなら幸いだわ、そうでしょ？　でもよく考えてごらん。恐ろしく不幸な手紙だったわよ。

そうね、私がどういうふうに書いているのか、説明しておいた方がいいわね。昔みたいに。覚えてる？　台風が通りすぎてから、ぽっかりと大きくあいた空に黒い雲が群がって、大急ぎで遠い宇宙に移住するようすが見えた日の、夜明けの荘厳な景観。あの時も私は、体がふくらんではじけそうな希望を小さく小さく圧縮したまま、すべてが眠っている夜明けに、台所の黄色い電灯の下で何かを書きなぐっていた。

この家から眺める台風一過の後の空の情景は、ほんとうにどんな空も及ばないほど荘厳だった。いつも台風の後として記憶されている、止まってしまった季節。この丘の上の家で、私の習慣、そして私達の習慣はすべて生まれた。私達の皮膚に刻まれ生を支配し、あの、説明できないほど深遠な記憶の地をつくり、歩いても歩いても、我々を閉じ込めてしまう宇宙。いつからか、荒れ果ててしまった宇宙。私達の生の活動の、ある種の原型がここから始まっているために、私達は時折ここに帰ってきたし、また私もあなたをここで待っているんだわ。

ある日、食欲をそそる食べ物の匂いに包まれた食卓を前にして、あなたは即興で、あるメロディーを口ずさんだね。そしてそれは、食卓とは関係なく、私達がよく口ずさむ鼻歌になった。そのメロディーはタイトルも歌詞もなく、そんなふうに作られた。短調の混じった、短くメランコリックなメロディー。どこかで聞いて耳についた和音の寄せ集めだったんだろうけど、私達は誰も確かめようとはしなかった。それは、この家のドアを開ける一種の暗号のようなものではなかったかしら。この家に入るために唱えなければならない、「開けゴマ！」のような呪文。そうして……いつからか、そのメロディーを連想させる音の前で、皆が時には痛みを感じ、時には気まずくなって口を閉ざすようになった。そう、そうなったの。玄関のドアを開ける前にぴょんぴょん飛び跳ね、ドアの上の方にある小さな窓から中をのぞく習慣を持った人々を、この家はもはや忘れてしまった。あの、ドアが荒々しく開いて荒々しく閉じられる音を聞きながらも、誰も動こうとはしなかった。それから、数十回、数百回、たぶん数千回、荒っぽく、かつ鋭く開閉されたあのドアの音が、私達の耳元に響くようになった。そういうこと。

おや、私はどうして、こんなに遠くからこの家に近づかなければならないのだろう！　ノイズのように唐突に、時間と空間の秩序を無視して浮かんでくる映像たち。そうしたことどもを取り除いて、初めて会った誰かに書くみたいに、あなたに手紙を書こうとして、ここに座っているのに。そう、私は手紙が一つの実験になることを願う。差出人と受取人のはっきりした、ある実験、言葉が事件になる、そんな実験。さあ、止まっていた所から再び始めた方がいいわね。

その頃、そしてその前から、特に台風の近づく季節になると、私は早朝五時に起きて、意味のない言葉を書き連ねていた。緑、青、紫といった癒される色や、希望、信頼、喜びのような、単純だけど享受することはたやすくない単語を、私は必ず受け取るべき贈り物のリストみたいに、何度も何度も白い紙いっぱいに書いたものよ。時々それは、私達のよく聴いていた歌のタイトルだったりもした。毎日同じことを書いてもよかった。どこで聞いたのか分からないまま、口の中でぐるぐる回っている言葉を、点線を書くみたいに飛び飛びに、思いつくまま書いたりもした。私自身のために。それは、受取人のはっきり分かる手紙ではなかったわ。

そんな練習がすべて、無為ないたずらであったと言えるだろうか。もしかしたら私はそのおかげで、あなたに届かないかも知れないこの手紙を書くため、ここに来ているんじゃないかしら。たぶんそうだ。そんなふうにして、手紙を書く習慣が身についたのかも知れない。そうこうするうちに私も家を離れ、そんなこととは関係のない生活をしばらくすることになった。ある時期、夜の仕事をたくさんしていたことも、手紙を書かなくなったことと関係があると思うわ。いっとき私を雇っていた彫刻家のアトリエは、昔のこの家と同じぐらい辺鄙な場所にあった。彫刻家が下準備を終えて帰ってゆくと、私の仕事が始まる。彫刻家が大まかに切った石や木の表面をサンドペーパーで研磨することで、私の夜は過ぎていった。何年かそうしているうちに、朝早く起きることも、夜明けに起きて座り、机の上に電灯をつけ、まぶしく白い紙に単語を書き連ねることも、やめてしまった。朝になれば、私はいつもくたくたになって眠り込むのが常だった。それは私に向いた仕事ではなかった。すべて過ぎたことね。私は今、日の出とほとんど同時に起き、日が暮れる頃に一日の日課をほぼ終える。今や私の仕事は、光と直結しているから。

　あなたが私の、私達の人生に登場した時のことから話を始めた方がよさそうね。あの鮮明な私達の運命の日から。今、あなたと私が二人きりで同じ部屋にいたなら、私はあの話で、気まずい沈黙を破るだろうと思う。私はあなたがどんな再会場所を提案するか、何となく分かる気がするの。私達が一度も一緒に訪れたことのない町や地方を、あなたは考えるだろう。あなたは、そんな所の旅館の部屋に横たわって煙草をくゆらせ、様子をうかがうために沈黙を守る。獲物の量と質を見定める野獣のように。そうして、煙を天井に向かって吐き出すためにさりげなく顔を動かし、私の表情と反応を探る。世の中の裏道をすべて歩いたあなたには、何もかも分かっているとでもいうように、無心の、超脱したような顔つきで。しかしそんなジェスチャーを、私はもう恐れはしない。

あなたは、私達が初めて会った夜のことを聞くのが好きだったわね。あなたが眼を光らせ、他人の噂話でも聞くようなぎこちない微笑を浮かべながら、この話に耳を傾けていた時があった。ずいぶん前のことだわ。ときどき私が黙りこむと、あなたは「それで?」と聞き返した。慎重に、甘ったるく。ある時、あなたは私に、私があなたにしてあげた、自分の話をしてくれたこともあったわね。私になりかわって。

昔の話よ。私達はとても幼かった。あなたは八つか九つぐらいだっただろうか。冬で、外には風がひどく吹いて、大人が留守だったから、風の音がいっそう鋭く家を揺らしていた。そう、子供は寝る時間だったけど、私達は帰りの遅い両親が持って帰る、甘く温かいおやつを待っていたのだろう。焼き芋、ホットック、あるいは胡桃菓子やたい焼きのようなもの[1]を。ところが、両親の手に引かれてあなたが家に入って来た。小さくて色が浅黒く、女の子だか男の子なんだか分からない子。体は変な匂いがするし、髪の毛はぐしゃぐしゃなうえに、ゴミがべたべたくっついていたっけ。あなたがどこから来たのか、何のためにうちの両親の手を握って夜遅くうちに来たのか、私達のうち誰ひとりとして知らない。誰も話してくれなかったもの。

あの時に戻って、やり直すことができたなら。いつか、こんな願いから解き放たれることができたなら。なぜなら、この始まりから少しだけ先に進むと、腐った臭いのたちこめる沼の入り口に着いてしまうからだ。誰もが人生において出くわす、もつれ、こじれた、世間によくあるような出来事の沼。だから今、ここに戻ってくるのがいいだろうと思う。今の私の状況を話してみよう。私は空の紙箱を開いて散らばった煉瓦の上にかぶせ、玄関のドアの左側、窓のないコンクリートの壁の前に座っている。家の後ろに回る時に通る、あの場所よ。壁の向こう、廊下では鼠の走る音が時々聞こえ、家の前に注意を向けると、ずっと遠くから時折、トラックのように鈍重で大きな車の通る音が聞こえる。もちろん私は、玄関の前の雑草に隠れた石の下から鍵を取って鍵穴に差し込み、回しさえすれば中に入ることができるわ。鳥や虫がいたら驚いて穴や隙間にもぐり込むだろうし、記憶の中にある部屋の隅を覆っている、長い間に積もった見慣れない埃たちは、けだるそうに揺らめくだろう。ふん、面倒なことに、誰かが異常気流をつくってるぞ！

　私は鍵を取り出さない。それを穴に差し込まない。鍵穴に鍵が差し込んであったとしても、それを回しはしない。そう、私はドアを開けない。そんな必要はないわ。その中に誰もおらず、何もないことを知っているからではない。実在以前に、いつも霊魂が死んでしまうという事を知っているからよ。煉瓦やコンクリートより先に、まず空気が死んでしまう。私達の体がそうであるように。殻は、いつだって殻に過ぎない。

玄関に到達するまでに、肩の高さまで達している雑草を掻き分けて来なければならなかったわ。それはまるで、地雷原を手探りで歩くような、厄介な作業だった。破壊された物、切られた物、疲弊した物、壊された物たちで成り立っている記憶の地雷原を、地雷を踏まないように、私は雑草に気を配りながら、そおっと、やっとのことで家の前にたどり着いたの。そこに来て、ようやく私は丘の下の情景を、振り返って見ることができた。田畑の他には何もなかった所を埋め尽くした家々。社会全体の共謀によって近い将来、容赦なく崩れ、破壊される家や人々。遠からずこの家を取り囲んだ木も切られ、幸福そうに私を覆ってくれた、この背の高い雑草たちも引き抜かれ、地面は割れて家は倒れるだろう。こんな家の終末なんて、そんなものだから。

私達が最後に会ったのは、いつだったかしら。そう、砂漠だったね。象徴ではない、実際の砂漠。それから三年しか経ってないのに、あなたが私に道で出会ったなら、私だと分からないかも知れない。たぶん、あなたとの最後の再会によって私の顔には早すぎる黄昏が宿り、どうしようもない苦悩が、私の体のあちこちに痕跡を残した。それは私だけに起こったことだから、幸いだと言うべきだろうか。しかしこうした痕跡は、静かな水面に落ちた小石の波紋のように、横へ横へと円を描きつつ、村に、都市に、大陸全体に、地球と宇宙の向こうまで拡がるということを、知ってる人は知ってるわ。誰もがする小さな行動があの大海の向こうで成し遂げることを、誰も確認することはできないけれど、何かはいつも、いつか起こっているのよ。

深呼吸しよう。深く、長く。そうして息を止めて聞いてみる。いや、眺める。脳髄の向こうから浮かんでくる風景の中に入ってみるの。そこには広い平原があり、なだらかな傾斜を降りた草原の果てに、川が流れている。川岸に座って、その川をながめる。その水の流れを追っているうちに、ある事実に気づく。妙なことに、脳裏に流れるその川は常に、一方向にのみ流れているということに。誰であれ、毎回、同じ時間の同じ風景を思い起こすなんて、尋常ではないわ。たとえば、私が座っている場所で日差しが水面に降り注ぐ金の矢の方向からすると、私は南を向いていて、水の上で波立つようにきらめきながら動く日差しの粉の温かさの感じでは、そこにいる時間はおそらく、午前十時から十一時の間ぐらいだろう。

臨月の女のように大儀そうに座って、規則的に深呼吸をしてみるの。息を吸うときにはお腹がふくらむほど、息を吐くときには骨の中の不純物が溶けて流れるように少しずつ、でも最後まで。今にも気が遠くなりそうなほど深い所から、息を吐き出す。そうしてから息を吸うと、息を吸うのがこれほどまでに難しく骨の折れることであると、少しずつ理解できるようになるわ。ある人々にとって、世の多くの人々にとって、忘れるということが何であるのか知らない不幸な人々にとって、息を吸うことは苦難なのよ。どうして私が、こうした苦難の呼吸をせずに、ここに座っていられると思う？　だいたい、あなたは誰なの。いつからか、あなたの手が触れる所、あなたの視線が留まる所、あなたの舌が命名する人は、ちょっと触れただけでも、しばらく立ち止まっただけでも、命名されたとたんに身をよじって灰になってしまうというのに、こんな連想から抜け出すために、どうしてこの苦難の呼吸を続けずにいられると思う？

あなたは言うだろう。あなたも息を吸うことが苦難であったと。私達よりも、ずっと苦難だったと。あなたの髪の毛が整えられ、少しずつ艶が出て、あなたのひび割れた皮膚に角質ができ、ついには傷もつかずにかさぶたが落ち、あなたの体の匂い、ひどいとしか言いようのない、あの腐った匂いが少しずつ消えて、あなたが頑固な沈黙の中に閉じこもった時、私達はあなたが再び出て行くのだろうと思ったわ。大人達のポケットから、財布から、お金が少しずつなくなった時、確かめようのない巧妙なやり口で私達の暮らしの最も単純な秩序をかき乱したあなたの楽しい嘘が、ほとんど危険なレベルに達した時、私達は、誰も口には出さなかったものの、あなたが出て行く準備をしているのだと思っていた。だからあなたの行動が極限に達したのだろうと。それは始まりに過ぎなかったのに。

私達は、あなたが出てゆくことを願っていたのだろうか。昔のことで、覚えてないわ。そしてそれを覚えていて話してくれる人も、もういない。みんなお墓の中に、外国に、散り散りになった。長い間、あなた自身も知らないあなたの中の何かが、巧妙かつ断固として計画していた通りに。ひょっとするとそれは、去っていった人達が言っていたように、ただの偶然なのだろうか？　ある日の朝、庭の木の切り株に座っていたあなたが人の気配に振り向き、微笑を浮かべたのを見た時、私達は気づいた。あなたが、私達と一緒にこの家に残ると決心したことを。それは生死をかけた人の、必死の微笑だったと記憶している。この世に自分を受け入れてくれと訴える人の、求愛の微笑。私達は、それが分かるほど大人ではなかった。あなたも気づかないうちに、あなたはもう私達の一部になっていたから。あなたが「物乞いするような息づかい」と呼んだその微笑を、私達はずっと後になって、ぼんやりと理解できただけだわ。どうであれ、その日以来、私達のうちの誰も、あなたの顔に再びそんな微笑が浮かぶのを見ることはできなかった。

まるで当たり前のようにその微笑に引かれて、私達はみな、仲良く暮らしたわね。不安を隠した笑いの中で、登下校の途中のいたずらや川での魚とり、水に潜って遊ぶこと、遥かに遠い町を脳裏に描いて息が止まるほど熱中した駆け足に、時間を過ごしながら。あなたはその時から、旅を始めていたんだわ。私達は、自然の中に隠された戦利品をあなたからもらって、自分達の一番大切な物をあなたにあげるようになったっけ。私達はこうして深いトンネルへと入り始めた。それはあなたの人生の秘められた計画だった。この家から流れ出るすべてのもの、笑い、鼻歌、匂いの中に入り込んでいたあなたに対して、私達が夢中になること。あるいは私達みんなに対して、あなたが夢中になること。あなたが、物乞いするような熱中とか、愛の物乞いと呼んでいたもの、血の匂いとともに終わったもののことを言ってるのよ。少しずつ忘れ、だんだん沼に沈んでゆくのも気づかないまま、興奮と純真な期待と願いに子供っぽい奇声をあげさせ、家の中を走り回らせた、決して交わることのない、不幸な平行線をたどった熱中。そういうことなの、K？　愛の物乞いって、そういうことなの？

さて、再びこの夏の家に戻ろう。なぜなら、この家には夏だけが存在していたのだから。この家にも一時は笑いがあふれ、一時はおいしそうな食べ物の匂いがしていたことを想像させてくれるものは、もう何もないわ。家の周りの乾燥した雑木はひたすら沈黙していて、家の中の、一番日当たりのいい所にある台所は、冷気に包まれて寂しく見捨てられている。胡桃の木は相変わらず裏庭で年老いてゆき、二本の柿の木が家の前を塞いでいる。柿はもう実らない。柿の木は、この家に入るために掻き分けなければならない雑草とほとんど変わらない大きさにまで縮んでしまった。比較的平穏だったこの家が、いつからか風によって、それも気分の悪い陰険な風によって思い出されるのは、この家があなたのことを抜きにしては思い浮かばないからだ。

それは、私達みなが、あなたを予測のつかない風として覚えているせいだろうと思う。甘ったるいそよ風は、何の前兆も予告もなく、逆風や狂風に変わった。あなた自身が植えた、ひときわ多くの実がなる、喜びの源であったこの家のいろいろな木がしばしば、あなたにとって我慢できない憤怒の対象に変わったということ、どうしてそうだったのか、いつか話すことができるのだろうか。あなたを支配している、おそらくあなた自身が最も理解できないでいるために徹底的に服従する、あの気まぐれな風を、あなたは隠し通すことができなかった。でも甘いそよ風を知っているから、狂風は我慢すべきではなかったのか。私達はときどき自問した。そよ風と、狂風と、どちらが多いだろう。当惑した私達の計算は、いつも量的な基準を欲した。しかし簡単なことだったのよ。私達の誤解の始まりは、狂風の終わりが常にそよ風より劇的で確実であるという事実を、よく忘れることにあった。そして、そよ風が狂風よりも強靭だということとも。

このすべては、どれほど前のことだっただろう、あなたがとうとう去って行ったのは。私達が、中毒性のある風から脱出できたと錯覚したのは。それは長いトンネルの始まりに過ぎなかったのに。夏が終わる前に、そこはかとなく秋が顔をのぞかせる、そんな時があるわね。疲れて熱くなった体が安堵のため息をつく、そんな時間、秋は毎年同じ時期に始まるけれど、その年の秋の始まりを、私は今もはっきり、ある色として記憶している。あなたの空虚な瞳、破壊と嘘とあらゆる苦痛の記憶にぐったりした、あなたの弱った体が発する灰色として。みながが知っているように、しばらく前から熱帯夜で沸騰する夏の空は、誰も見上げようとしなかったし、私達はため息をつくために眺める以外には、どんな嘘の約束をするためにも、からっぽの空を眺める必要はなかった。十年前のある時、あなた、私達をそっくり呑み込んでしまった凶暴な驚愕のつむじ風。そこに、どういうきっかけがあったのだろう。誰も理解できなかったし、その頃、私達はくたびれ切っていた。あなたと私達全員に起こりつつあること、あるいは、あなたが私達と一緒に暮らす前から、あなたの中で既に進行していたことを理解しようという努力で、私達全員がへとへとになってしまった。一番先にへばったのは、あなた自身だっただろう。そうよね、K！

そう、十年前のある日、私達が漠然と、何かが近づきつつあるという不安を感じながら待っていたことが、とうとう起こったことを知った。丘の下に拡がっていた――そう、知ってのとおり、あの頃はこの家の周りが田んぼと畑ばかりだったね――畝はくねくねして、目の前でひっくり返り、裏山が崩れて家を覆ってしまいそうだった。あの事件は、夕方のもの寂しい闇の中で起こった。それは一瞬にして起こり、あなたは何も言わず、私達に背を向けて遠ざかっていった。私達のうちの誰も、あなたが一秒に数千メートルずつ離れて行くのを、敢えて止めることはできなかった。私達のうちの誰も、あなたを止めるため他の誰かに、ある種の攻撃的な物に、助けを求めることを思いつかなかった。それは違った秩序の中で起こった出来事だったから、私達はただ、目の前にある死体を処理するのに追われた。

血はどす黒く、肉体はめった刺しにされてそこにあった。その横に流麗な曲線を描いて、血だらけのナイフが捨てられていた。自分の大切にしていた登山用のナイフを使ったのね。それはとても小さな肉体だった。あなたに似ていたけれどあなたではなく、あなたより何千日か短い命だったから、あなたよりも小さく、あなたに向かっていつも何かを渇望しながら、微かに笑っていた肉体。あなただけを待って、一日中敷居のところでひなたぼっこをしていた、あの憎い肉体を、あなたはとうとうあなたの、そして私達の暮らしから排除して去って行った。よくそうしていたように、あなたがやさしい手を差し伸べてくれることだけを願っていた二つの眼が真っ先に、あなたの憤怒を刺激したのだろう。でも、ほんとうに前後を正確に記憶することができるような事件だったのだろうか、あれは。あの出来事は一瞬にして起こり、すぐに処理された。

母の死。どうして私達はみな、家族が出て行った家に、ひとり残っていたあなたの膝の上で眼を閉じたとあなたが証言した、母の臨終を思い浮かべたのだろう。一匹の犬が殺されただけなのに。それも、あまり長く生きられないだろうということが誰の眼にも明らかだった、病気の犬一匹のことだったのに。私達が母の死を看取れなかったために、その空白の場所に拒みようもなくしきりに入ってきて記憶をかき乱す、あの場面。

私達が何も見ていないという主張に、納得する人はいないだろう。私達の母の死、くぼんだ所に集まる水銀球のように、散り散りになっていた人々を一箇所に集める別れの儀式。その日がそんな日常のひとコマであったからだろうか。私達が久しぶりに家に集まっていたその日、日が暮れる前の曖昧な時間、夕食の支度には早すぎ、昼寝をするには遅い時間。あなたによって、あなたに対する中毒の強さによって疎遠になったり別れ別れになったりして気まずくなっていた私達は、腕組みをして部屋の中をぐるぐる回り、その時間が過ぎて夜が確かに訪れるのを待っていた。山の麓のこの家の夕暮れは、いつも他所よりも早いから、その中で私達は逃げ場所を探していたのね。お互いの姿がよく見えない闇が好きになったのは、母が死んでからだったただろうか。あの釈然としない訃報。信じられない、おそらく認められない訃報を受け取ってから?

その種の感情の荒波を隠し、唯一残された錨《いかり》のように家を守っていたあなたの存在が各自に引き起こすノイズを隠そうと、戦々恐々としていたその瞬間、開いていたドアの向こうで起こった、あの出来事。まるで永遠の答えのように訪れた、一つの事件。最初に断末魔の悲鳴が聞こえた。そう、冷たい言い方をすれば、一匹の犬が死んだに過ぎないのに。一日に何十、何千匹ずつ死んでゆく犬の死。死の目的が明らかでないために、いっそう残忍にみえた犬の死。殺戮されすぐに処理される、珍しくもない犬の死のうちの一つが、私達の目前で起こっただけ。

ある日、市場からあなたについて家まできた、しっぽの白い一匹の小さな犬。さあ、人間の年齢なら三、四歳ぐらいになるかならないかぐらいで成長が止まってしまったような変な感じのする、犬というよりは仔犬だった。一時は主人に可愛がられたけれど、もはや飽きられ、容赦なく捨てられて、眼の縁に目やにがいっぱいついた雑種。足で蹴り、石ころを投げても、声を上げて追い払っても、後をついてきたのだと言ってたね。ろくに吠えもせず、そうかといってやたらと愛嬌も振りまかないで、出し惜しみするようにしっぽを振って迎えてくれた、変な犬。家を出た迷子の犬は、既に去勢されていた。それでも旺盛な食欲と運動力を見せていて、まだまだ死にそうにはなかった犬を殺すのは、たやすくはないだろう。ときどき田舎の川辺や丘で、犬をたたき殺して犬鍋パーティーをしている人たちを見たわ。でもそんな犬は肉づきがいいし、ひどく抵抗するものよ。ところがうちの、あなたのチョンイ〔Kが仔犬につけた名前〕は小さく痩せていて、ほとんど何の抵抗もしなかった。断末魔の声は一度きりだったけど、うめき声は長く続いていたことを覚えている。

それは幸い、一匹の犬の死体だった。我々が片付けなければならなかったのは。

私達が相変わらず後始末していないのは、私達が驚愕のうちに見つめるほかなかった、あなたの細い腕の先にある、長くかよわい指が演出する残忍な動作、食いしばった歯、繰り返す足蹴り、白く燃え上がっていたあなたの眼の光。具体的な対象があるために全面的で、まるごとむき出しになった否定の眼光。そしてあなたがドアを閉めて出て行ってからもしばらくは、あなたのメロディーがかすかに聞こえていた。私達の食卓の暗号のような口笛のメロディー。いったい、あのすべてのものは、どこから来てどこに行くのか、これはいつも私達が投げかける進行形の問いになってしまった。私達が片付けられなかったものは、こうした持続する質問になってしまったわ。K、あなたはいったい誰なの。果てしなく、大小の破壊を通じて、私達の暮らしから削除されることを渇望していた、あなたは誰。消されたいという欲望で自らの存在を叫ぶ、この奇異なやり方を理解するのはやさしくとも、受け入れることは、何と難しかったことか！　それは、必ず受け入れねばならない災難なのだろうか？

空虚な眼の光によって人生の曲がり角で私達の歩みを止め、私達のあらゆる努力を無意味にしてしまう、歪んだ微笑の中でむき出していた歯、その不可思議な意味に要約されるK、あなたを解読しなければならない私達に与えられた宿題。私のきょうだいのうち一番上も、三番目も、四番目も、みな嫌気がさしてあなたを遠ざけ、それでも足りずに、あなたの消息が届かない遠い所に去って行った。二番目はおそらく、そのために死んだのではないかしら。それでなければ、嵐の吹きすさぶ日、何かに取り憑かれたように奇声を上げながら、谷川へ飛び込んだりはしないでしょう。あなたとの再会を数日後に控えて。K、そしてそんなふうに去っていってから、あなたは旅行家になったの？　できるだけ私達から離れるために。そしてもっと断固としてあなた自身を証明するため？　遠く、できるだけ私達から離れるためにあなたの名前の出ている、遥か遠い国の写真が載った雑誌を開くたび、私達は当惑してしまう。隠された才能が突然爆発したように、あなたがその仕事に手腕と能力を発揮したことに私達は驚き、旅行雑誌や新聞に載った、あなたの写した写真を穴が開くほど見つめたものよ。あなたはそんなふうに、私達から遠ざかってからも、執拗に戻って来た。

ずっと長い間、私達はあなたが呼び出せば駆けつけることになっていたわね。理由は一切聞かず、まるで紐でくくられて引きずられる人形のように。それでもあなたは、私達の愛を乞い求めていたというの。五番目の子供であるあなたが営んでいる家庭から、自然に消滅したり、突如として消えてゆくすべてのものに、私達は安心して別れを告げることができた。バイバイ、おばあちゃん。バイバイ、銀杏の木。バイバイ、子供時代。バイバイ、お父さん。六番目である私まで既に家を出ていたから、一人で家の面倒を見ているあなたが私達をひとりひとり呼び出す時、私達は万事をおいて、あなたに会いに駆けつけたでしょう？

三年前のあの日も、私はそんな習慣にしたがって、あなたに呼び出されてここに駆けつけた。その時、あなたはもう、一年の半分ほどは旅で暮らす職業的な旅行者になっていたね。

あなたが出て行ってから七年目だった。あなたが旅行に誘ってくれた時、私はまた再び、すべてを忘れて駆けつけた。この、どうしようもない忘却、あなたに関して運命のようにつきまとう、この悪癖のような忘却。しかしそれは長続きのしない忘却、深いところにある記憶を覆いつくすことのできない忘却であることを、私達はそれぞれ別の方法で理解しはじめた。

あなたが連れて行ってくれた国の砂漠は、あなたが物惜しげに付け加えた説明とは比較にならないくらい、美しかった。数枚の写真を私の前に投げ出しながら、あなたはこう言ったわね。

あんたの三十歳の記念に、忘れられない風景をプレゼントするわ。あたしがあんたにしてあげられるのは、こんなことぐらいよ。ただ存在しているものを、見せてあげること。あんたは絶対後悔しないわ！

私はその時初めて、砂漠は無味乾燥な砂の丘の連続ではないということ、そこには多様な生物と石の彫刻と石の墓があり、風と気温によって常に輪郭と色彩を変えている運動性の強い所であると知った。砂と、石のごろごろした地面と、荒涼としてがらんとした風景の間に細くのびた道を、旅行用のレンタカーは走った。走っても走っても、何もなかった。ただ、ごく稀に、その何もない道を、トラックや輸送用のバスが通るぐらいだった。広大な地平線が四方に伸びているだけ。遠くに、想像の世界と同じくらい遠い所にかすかに見える、低い山脈のごつごつした稜線以外には何もない風景を前にして、私達は黙り込んだ。感激した私は、素直に心の中で言った。K、ありがとう。こんな驚くべき風景を見せてくれて。

あなたは私達を魅惑するいろいろな方法を、あんなにもたくさん知っていたのね。私達それぞれに最もふさわしい方法。私達を最も苦しめる秘密の方法を、いちばんよく知っていたんだ。ところで私は、私達はなぜ、完全な魅惑による武装解除の中で魅惑が地獄に変貌するということを、いつもすっかり忘れてしまうのだろう。

どこまでもまっすぐのびている道の果てに、土ぼこりに覆われてかすんだ太陽が地平線に沈む時間、その壮観を前にして、あなたも私も、止まろうとは言わなかった。気持ちを読んだかのように……車が止まった。出発する時からちょっと頼りなく見えていたその車は、しばらくプスンプスンと音を立てて、そのまま止まってしまった。私達は車から降りた。あなたは煙草の煙を長く吐き出したね。夕焼けの中で細いあなたの指が痙攣するのを、私は見た。そして私はいつものように、不安になってきた。それは、その時点までは何の事件にもつながっていない、ある前兆だった。こういう時にあなたの表情がどんなふうに変わるのか、私は知っている。それはまるで、出口のない洞窟のようなトンネルにあなたが入ってしまったみたいに、ぎくっとするような感じを与えたものだ。一瞬あなたは、眼の前に何もないかのごとく、自分の中に引きこもってしまう。煙草が燃え尽きてしまうのを待つより他にないわ。その痙攣の時間が終わり、あなたが再び戻って来るのを。驚くべき壮観を削除してしまう、ある緊張。痙攣する指に挟まれていた煙草が地面に落ち、あなたは私のほうを振り向いた。すると、そうね。そう、いつもそうだった。妖術のように体の角度を変えながら、あなたはその不安な前兆から抜け出すの。あなたは私に微笑みかけ、私はありがたくて、つい涙が出るほどだった。あなたは凛々しく言った。さあ、車を動かしてみよう。あなたは細い体に似合わない工具箱を車から降ろして、あちこち点検し、再び運転席に座った。そして言った。強く押して。車のエンジンがかかるまで、思い切り！

私はあなたの指示通りに全身の力で車を押した。しばらくすると車がブルブルと音を立て、私は最後の力をふりしぼり、さらに強く押した。幼い頃の私達は、こういう予想外の事故をいつも楽しく片付けたから。力が入らなかったけれど、その虚構の時に戻って純真にくすくす笑いながら、私は押し続けた。とうとう車は、私が前に倒れそうになるほど強く揺れ、前に走りだした。私は車を追って走った。でも車は止まらず、そのままスピードを出して前に走っていった。車窓から何かが投げ出されるまで、私はあなたがふざけているのだと思っていた。私が走ってそれを拾い上げた時、車は全速力で黄昏の中へと遠ざかっていた。それは、パスポートなどの書類と小銭の入ったウエストポーチだった。

あなたは戻っては来なかった。予想通り。それでも私はひょっとしたら、と期待して、あたりの物体が識別できなくなるまで、私のほうに戻ってくる車を待っていた。頭を締めつけるような不安、それは自然に対する恐怖が醸し出した不安ではなかった。さあ、世の中に出てくる時、胎児は何を感知するのか。胎児が泣くのは何のためなのだろう。この世に捨てられるから泣くのか、母体と劇的に隔離されるから泣くのか。泣くことも知らずに眼をむいて、暗闇の中へ走ってゆく、よく見えないあなたの顔……黄昏が少しずつ濃くなる、果てしない砂漠の単調な構図の中で、どうしてこんなことが、頭にいっぱいになったのかは分からない。あなたはただ、私がお姉さんと呼ぶ、三つ年上の気まぐれな女性に過ぎないのに。すぐに押し寄せた、全身をふるわせるあなたに対する憎しみ、それが対象のない砂漠のただ中で、具体的な証拠もなく爆発してしまった後の空しさ。脳組織がちりちりと音を立てて燃えてゆくような感じが、激しい苦痛ではなく、ひそやかな深い苦痛に変わったのは、しばらくしてからだったと覚えているわ。

あなたが戻ってくるのを、私はそれ以上待たなかった。あなたが施しをするみたいに投げてくれたウエストポーチをつけて地面に座り込み、徐々に降りてくる冷気に満ちた砂漠の暗闇を、じっと眺めていた。不安、それはあなたという、理解できない、理解すればするほど引き込まれてゆく、沼のような存在の死角地帯を覗き込んだ者の不安だった。その不安の、近づきようのない不条理と非論理、その日捨てられた砂漠の、怪奇に満ちた真っ暗な闇の中で、私は見ていた。すっかり夜が更けて、ほとんど青かったと記憶している三日月の光がなかったなら、私は、一歩前が深淵であるような闇と冷気に全身が包まれてしまっただろう。私は選ぶ必要があった。道端に座って、いつ通るかも分からない車両が砂漠の間の道路に出現するのを当てもなく待つか、冷気に全身が麻痺する前に、その場で何かするのか。それは余地のない選択だった。私は立ち上がった。

四方を見回してみても、近づいてくる、あるいは遠ざかってゆく明かりなど一つもない、広大な砂漠。あなたが私を捨てていったその場所に、私はそれまでじっと座っていたわ。大声で泣いたり、地団太踏んだりはしなかった。すべての思考を麻痺させる眩暈にとらわれて、私はたっぷり一時間ほどは、そうして座っていたはずよ。そうして、力を一滴ずつ集めて私は立ち上がった。道の反対側の、石だらけの砂漠へと歩き始めた。私はあなたを、私を、砂漠を、待つことを忘れるために歩いた。三十歳を飾る、忘れられない風景で周囲が埋められた、直線の緩慢で単調な構図。見て決して後悔しない、あなたがプレゼントしてくれた風景。ただ存在しているものを見せてくれた、ただそういうふうに存在するあなた自身を爆発的に見せてくれたこの風景。この風景の何があなたを刺激したのか、私は幾度も繰り返し考える。私の、私達の何が？　いや、細かいことはともかく、あなたの存在のどんな風景が、あなたを刺激していたのだろう。つながらない、無意味なあれやこれやの推定。

闇の中にさらに深く一歩一歩進み、軽い足取りと深い闇が神秘的な雰囲気を帯びてゆく時、私は足に当たった、ほのかに緑色を発する石ころを見つけた。私は身をかがめてその石を拾い上げ、しばらく見つめていた。何かをしなければならなかった。時と場所と状況を巻き込みながら瞬間的に燃えてしまう、あなたや私や私達に対する呪いの言葉が、口から飛び出さないために。熱気と冷気をかわるがわる浴び、厳しい風の中で鍛錬されて固くなった石の砂漠の地面に、私の手が動くままに任せた。私の手はゆっくりこう書き始めた。K、あなたを許す、と。それは、夜の帳《とばり》が下りる砂漠の真ん中で、私が明け方まで生き残る唯一の方法だった。一度書いてみると、その次からは手の動きが早くなり、手が痛くなるぐらい何度も書いた。夜の深さに正比例する砂漠の冷気の中で、熱い息を吐きながら、歯を喰いしばって。K、あなたを許す。

どれぐらいの間に、何度ぐらい、私はその文章を書いていたのだろう。砂漠の何平方メートルを、その短い叫びの文章で覆ったのだろう。私は地面をその同じ文章で覆うため、砂漠の中へ中へと歩いていった。完全に暗くなり、もうそれ以上前が見えなくなるまで。緑色を発するその石が闇に溶け、私の手も、手に握られた石ころも、地面に書いた字も見えなくなるまで。そう、私はただそんなふうに夜と戦いながら生き残ったと思っていたのだけれど、結局それも今になってみれば、ひとつの実験だった。あのわずかな文字の集合が、実体になるという実験。もちろんその夜、石だらけの砂漠の、太陽と月の光で鍛錬されて固くなった地面を、その言葉で埋め尽くしながら、それが実験であると理解していた訳ではないわ。夜明けが近づき、遠くからゆっくり這うようにやって来るバスをつかまえて乗り込み、温かさと眠気に身をまかせた瞬間、私はすべてを忘れた。

数日前、あなたから電話がかかった時、あなたの声に応答する自分の反応に、私は砂漠での出来事を思い浮かべずにはいられなかった。緑色に光る石ころで、風や昼夜の温度差で固くなった地面に書いた貧しい単語の集合が、ひとつの実験であったことを。だから私はここに来て、再び座っている。あなたは呼び出し、私はまた駆けつけた。私自身の手、心臓、二本の足が公然と行っていることに対して、ろくに理解もできないまま。

突然呼び出された私は、何も持っていない。私はいつもそうしたように、手ぶらで駆けつけたわ。今ではどこで何をしているのか分からない、散り散りになっている他のきょうだい達にも、あなたは私にしたようなことをしたのだろうか。久しぶりに私達を集めておいて、殺戮を繰り広げて去っていったあの日以後、あなたが他のきょうだいにも、こんなふうに個別に連絡をしているのか、私は知らない。怖くなった私達はばらばらになり、いまだに再会する準備ができていない。それからも、あなたが私達全員を呼んで集める理由も、そうする権利ももはやないから、そうして時間が流れただけよ。

空き家になって十年過ぎたし、この家を片付ける問題が、ずっと以前に話題になっていてもよさそうなものなのに、私達は誰もそのことを言い出さない。まるでその主題を口にすること自体がタブーであるかのごとく。用事があってどうしても電話しなければならない時も、私達は、私達を育てたあの家に触れることを極力避け、何かの拍子に会話がそこに近づくと、性急に電話を切ってしまう。この家に関しては、法的権利のような、世の中の常識的秩序が通じないのよ。それは性質のまったく違った厄介な問題。重い水面に抵抗しつつも再び水面の下に潜るように、それに関するどんな決定も、どんな提案も留保させる秩序、とでも言おうか。重い頭痛と、未来に対する強い不安の中で、あの家は少しずつ育ってゆく。周囲の葛の蔓が家を覆い、名も知らぬイバラの薮がドアを塞ぎ、門柱を攻略し、雑草は窓を割って家の中を侵犯しているだけではなく、その固い種は床に、リビングに巨大な根を下ろして前代未聞の巨木に変種して育ち、大人の手首より太い蓬の茎や、切ったとたんにさらに強く枝を張る野生のタラノキは、幾何級数的に勢いを増して家の周辺に根を下ろし、壁と天井を覆ってしまう。それらを取り除くには家の周りを燃やしてしまうほかないから、この想像はいつも巨大な火災で終わる。

でも何と幸いなのだろう、現実は。何とリアルなんだろう、幻想は。すでに言ったように、柿の木と胡桃の木は昔のように元気ではないから、柿や病んだ胡桃は実っても落ちてしまうに違いない。家の前を囲み、裏の丘をひっそりと安らかに守ってくれた木々のほとんどは、長い間手入れしていないので、村の人達が不潔なのこぎりで切って盗んでいってしまったが、木々はそれでも育ち、人間の背丈よりもずっと背の高くなった雑草は、庭を覆うように、まがまがしい風景まで隠してくれる。それだけじゃない。今も鍵を回せば私達を迎えてくれる板の間の床と、埃をかぶってパステルカラーになっているだろう布団類、日差しがたっぷり入る台所が、あの場所にあるだろうということも知っている。

そう、庭園の日の当たるほうに向いている台所に集まって、私達はすべてを見た。一匹の犬の死体が、日当たりのいい雑草に覆われた中庭から、どれほどしつこく私達につきまとうかを。私達はその事件を悲しんだ。母の長い死の終わりに悲しんだように。どんなふうに母の死が進行したのか、知るよしもない私達は、それを見て以来、内に芽生えた何株かの疑心の双葉に水をやる。たっぷり水をまく必要もない。それが鬱蒼としたジャングルに変貌するのには、ひとすじの偶然の憂鬱があれば充分だわ。だから私達は、口には出さないけれど断言する。あちこちに散り散りになった私達に突然訪れた訃報が、緻密に進行した死への行進であったことを。昏睡状態で続いた母の長い闘病が、ぞっとするような秘密を隠す、強いられた方法であり、それに対する意志的な憤怒の表現であるということを。どのような言葉も拒否した患者の晩年は、彼女の不幸な抵抗であったという、検証され得ない断言。当然それはあなた、皆が出て行ったためにいつも家にいるほかはなかった、あなたに対する憤怒と抵抗。何の証拠があったというのか。私達が怖くて家の中に入れないのは、その証拠のせいであることを、私達は知っている。発見されるかもしれない証拠に対する恐れと同じぐらい、ついには発見できないかもしれない、ということに対する恐れ。

しかし母の死がなかったとしたら、また他のことが、私達とあなたの関係の間に入りこんできただろう。私はこの家の前に座って考えている。そう、人生をかけた、事件の後始末がある。だから私は再びここに呼び出された。三年前、あなたが私を旅行に招待した時のように。でも変ね。こうして家の前に座ってあなたへの手紙をひと言ふた言書くごとに、脳髄のすべてを掌握していた十年前の残酷な映像を少しずつ覆い隠しながら姿を現す、一枚の光景。石だらけの砂漠の地面に狂ったように書いて、風に飛ばしたメッセージ。歯を喰いしばり、寒さを憎悪しながら、緑色に光る石ころで、私は数限りなく地面に書いていた。K、あなたを許す。捨てられた砂漠にひとり立って、砂漠の固い地面にまるでめった刺しにするかのごとくひっかいた文字が原因で、あなたは私に電話をし、私はこの家の前に駆けつけたのではなかったのだろうか。

あなたは最初から、来るつもりではないのかもしれない。電話の声には雑音がいっぱい入っていたし、騒がしい異国の言葉が混じっていて、実のところ私は、あなたが言った到着日を正確に聞いていなかったのは確かだ。ひょっとするとあなたは、他のことを言うために電話をかけたのかも知れない。でも、あの電話を受けて、ここに来ないなんてことができると思う？　電話が雑音の中で切れるとすぐ、私は車のキーを探し、ハンドルを握っていたわ。そして私は一気にここに来て座っていた。

心の片隅を家の中に浸し、二本の足をきちんと揃えて家の外に座って、私は怠惰に淡々と、何かが一方向に溜まってゆくのを待っている。でも溜まった水はどこへも流れはしない。時間がたち、夜になってまた帰って行くには遅すぎる時間まで待って、仕方ないわ、ひと晩だけ泊まって行かなきゃ、と偽善的につぶやきながら、手探りで玄関の鍵を探すことのように、生ぬるい水。あなたがもし今夜、旅に疲れた体を引きずってきたなら、私はどんなふうにあなたを迎えるべきなのだろう。好奇心から生じる期待と、拒んで逃げ出したい気持ちの間で続いている、妙な均衡。あなたが来ないだろうということを知っていながら、あなたが来るのだと自分自身をだまし、はっきりしない電話を口実にして、この家の前に来て座っているという、怠惰なアイロニー。

そう、これは再び、ひとつの実験だ。家の前まで来ているのだし、私は中に入らないといけないだろうね。夏が近づく前に、片足を水につけて水温を感じる。もう片方は川岸に置いているのだけれど、いったいこの足は何をためらっているのか。いろいろな可能性があると信じてはみるものの、実は、その次にはたったひとつの行動だけが可能であるということを、私達は知っている。もう一方の足を水に入れること、そうしてから水中に飛び込んで全身を浸すこと。その実験を敢行しなければならないだろう。この脇にある石の下を探しさえすればいい。そして、鍵を取り、ドアを開けて入る。こんがらがった、さまざまの感情で、胸が締めつけられるだろう。嘔吐と腹痛が起こるかもしれない。ことによると、眼を閉じて深呼吸をしながら、平和な川辺の風景を頭に浮かべなければならないかもしれない。この家では日暮れが早いから、明かりをつけなきゃ。眼を閉じて。

どこに座ろうか。居間のソファ、でなけりゃ、あなたと私が一緒に使っていた二階の部屋がいいかな。やっぱり食卓がいいわね。ずっと以前、あなたが料理の本を見ながら、おぼつかない手つきで卵焼きとワカメのスープを初めて私達につくってくれた所。しかしもっと頻繁に、いかなる熱意とともに口にされた約束も呪いも、信じられないのだということを、教えてくれもした所。それから大きな変化がなければ、食卓の真上の三〇ワットの電灯は、室内に積もった、からっぽの時間の痕跡を、無限に弱めて隠してくれるだろう。手探りで、食卓までの遠い距離を、私は目をつぶって移動する。どこかの引き出しに眠っていた紙と鉛筆を出して座る前に、ひょっとすると逃げ出したくて息を止め、苦しんでその場に倒れてしまうかも知れない。でもそんな現象など、準備しておいたあの言葉を紙に書く時に私をとらえるものとは、比較にならないほど弱い前兆に過ぎないのだ。たった三つの単語を書くことがつらくて、私は心臓麻痺で即死してしまうかも知れない。

そう、これはひとつの実験であって、私は紙に書かなければならないだろう。それを成し遂げなければ。「K、あなたを愛している」という至難の基本文型。

長い時間を要する実験、結果を確認するのに、ともすれば一生かかるような実験がある。それでも結果を確かめられない実験もあるだろう。でも実験とともに、もう事件が始まっているということを、あなたは知っているだろうか?

訳註

（1）「ホットック」は小麦粉のパンケーキのようなものに砂糖などを入れて鉄板で焼いた中国式のお菓子。「胡桃菓子」は小豆あんと胡桃の入った一口カステラのようなもの。「たい焼き」と訳した「プンオパン」は、直訳すると「鮒《ふな》パン」で、フナの形をしているが、日本のたい焼きとほぼ同じ。いずれも屋台で売られている。

著 者
崔允（チェ・ユン）
1953年、ソウル生まれ。西江大学卒業後、プロバンス大学で博士号取得。78年に評論で文壇に登場し、88年に発表した小説「彼方で音もなくひとひらの花びらが散り」が高く評価され本格的な創作活動に入る。抑制のきいた美しい文体と観念的なテーマで多くの読者を得ている。小説集『ささやき、ささやき』『十三種類の名の花の香り』、長編『君はもはや君ではない』『冬、アトランティス』『マネキン』、散文集『はにかむアウトサイダーの告白』など。東仁文学賞、李箱文学賞、大山文学賞などを受賞。文芸評論、韓国文学の仏訳でも名高い。現在、西江大学フランス文化学科教授。

訳 者
吉川 凪（よしかわ なぎ）
大阪生まれ。新聞社勤務を経てソウルの延世大学語学堂に留学の後、仁荷大学国文科大学院で博士号取得。日本と韓国の近代文学に関する論文を執筆。現在は翻訳業のかたわら複数の大学で非常勤講師を務めている。著書『朝鮮最初のモダニスト鄭芝溶』（土曜美術社）、訳書『ねこぐち村のこどもたち』（廣済堂）など。

作品名　あの家の前
著　者　崔允©
訳　者　吉川 凪©

*『いまは静かな時—韓国現代文学選集—』収録作品

『いまは静かな時—韓国現代文学選集—』
2010年11月25日発行
編集：東アジア文学フォーラム日本委員会
発行：株式会社トランスビュー　東京都中央区日本橋浜町 2-10-1
TEL. 03(3664)7334　http://www.transview.co.jp